AF476192

L'AVEUGLE PAR CRÉDULITÉ,

COMÉDIE

EN UN ACTE ET EN PROSE;

Représentée pour la première fois par les Comédiens François Ordinaires du Roi, le Mercredi 4 Février 1778.

Le Prix est de 24 sols.

A PARIS,
Chez la Veuve DUCHESNE, Libraire, rue Saint-Jacques, au Temple du Goût.

M. DCC. LXXVIII.
Avec Approbation & Permission.

PERSONNAGES.	ACTEURS.
ORGON, Tuteur de Julie.	*M. Deſeſſarts.*
JULIE, Amoureuſe de Valere.	*Mlle. Comtat.*
VALERE, Amoureux de Julie.	*M. Monvel.*
FRONTIN, Valet d'Orgon.	*M. Dugazon.*
LISETTE, Suivante de Julie.	*Mme. Bellecour.*
UN FACTEUR.	*M. Belmont.*

La Scène eſt dans un appartement de la maiſon de M. Orgon.

L'AVEUGLE PAR CRÉDULITÉ, COMÉDIE.

Le Théâtre réprésente un Salon, dans lequel est une Pendule. Il doit y avoir des coutrevents & des volets aux fenêtres.

Orgon est endormi dans un fauteuil sur l'avant-scène.

Julie & Lisette sont assises un peu en deçà derrière lui. L'une est occupée à lire & l'autre à broder.

SCENE PREMIERE.

ORGON, JULIE, LISETTE.

LISETTE.

ÇA, Mademoiselle, voilà Monsieur Orgon bien endormi, mettez fin à votre lecture. Parlons un peu sérieusement de vos affaires.

JULIE.

Hélas!

LISETTE.

Point de ſoupirs. Le tems preſſe. Vous aimez Valere. M. Orgon, veut vous épouſer aujourd'hui? Quel parti prenez-vous?

JULIE.

En ai-je d'autre à prendre que celui de la ſoumiſſion! Valere & moi nous ſommes ſans fortune.

LISETTE.

Votre ſort peut changer.

JULIE.

Eh! le peut-il après les précautions cruelles de mon oncle? Il ne m'a légué tous ſes biens en mourant qu'à condition que j'épouſerois M. Orgon.

LISETTE.

Quelle injuſtice!

JULIE.

Il étoit ſon ami; il lui a tranſmis tous ſes droits, ſi Valere ne m'obtient des mains de mon tuteur, je ne puis être à lui.

LISETTE.

Eh bien! il faut qu'il vous demande à votre tuteur.

JULIE.

Le bel expédient!

LISETTE.

Il eſt plus ſûr que vous ne penſez. Tenez, Mademoiſelle, votre manque de confiance vous a toujours fait regarder M. Orgon comme un tyran. Pour moi, je crois le connaître mieux; la ſimplicité de ſon caractère manifeſte en tout la bonté de ſon ame. Oſez lui dire que vous êtes pénétrée d'eſtime pour lui; mais que vous ne pouvez l'aimer; ajoutez que Valere a votre foi. M. Orgon, généreux, ſenſible, compatiſſant peut-être.....

JULIE.

Moi, lui dire que je ne l'aime point? Non, Liſette. Je n'aurai jamais la hardieſſe de lui faire cet aveu.

LISETTE.

Cela ſeroit pourtant néceſſaire; mais enfin puiſque vous n'en avez pas le courage, il faut vous réſoudre à ſuivre ma premiere idée. Oui, Mademoiſelle, ce n'eſt qu'en le trompant que nous pouvons trouver les moyens de rompre un mariage ſi fâcheux. J'ai mis ſon valet Frontin dans vos intérêts, il m'aime, & j'eſpère.... Le voici qui s'avance.

SCENE II.

ORGON, FRONTIN, JULIE, LISETTE.

JULIE.

AH! Frontin, tu veux donc bien nous ſervir.

FRONTIN.

Qui ne s'intéreſſeroit à vous, Mademoiſelle? (*Il avance un pas & regarde ſi Orgon dort, en paſſant la main ſous le menton de Liſette.*) Voilà mon prix. Je ne ſais pas calculer, mais dans le marché que je fais, j'y trouve un double profit pour mon cœur.

JULIE.

Je te devrai tout, ſi tu peux rompre mon mariage avec M. Orgon.

FRONTIN.

J'y rêverai; mais au moins empêchez que votre amant ne paroiſſe.

JULIE.

Eſt-ce que Valere eſt ici?

FRONTIN.

Il vient d'eſcalader les murs du jardin. Ses

plaintes, ses gémissemens, font retentir tout le vestibule. Il dit qu'il faut qu'il vous voie ou qu'il meure.

JULIE.

Vas, je souffre autant que lui.

LISETTE.

Dis-lui d'entrer.

FRONTIN.

Tu ne réfléchis pas qu'un jaloux dort toujours mal.

JULIE

Que dois-je faire ? Parle, Lisette. Frontin, conseille moi.

LISETTE.

Je dis qu'il faut le voir tout-à-l'heure.

FRONTIN.

Ce n'est pas mon avis. M. Orgon peut s'éveiller.

LISETTE.

Oh que non ! Il ne dort jamais plus fort que dans sa méridienne. Voilà le moment de concerter avec Valere les moyens de le faire tomber dans quelque piége.

FRONTIN.

On en trompe tous les jours de plus fins.

LISETTE.

Il a de l'esprit, de la raison ; ne t'y trompe pas, non. La peur de la mort, l'effroi que lui causent involontairement les indices du mal le plus léger, le rendent facile, crédule, même superstitieux, c'est par-là qu'il le faut attaquer; mettons ses frayeurs à profit; nous n'avons que ce moyen de l'amener à nos fins.

FRONTIN.

Voyons comment s'y prendre; tantôt il se plaint que le froid resserre ses humeurs, tantôt il dit que le chaud remue trop sa bile: si ce n'est le vent, c'est toujours la pluie qui l'enrhume. Une mouche qui bourdonne à ses oreilles le fait tomber en syncope, & l'eau qui n'est pas filtrée lui donne la colique.

LISETTE.

Puisque tu connois si bien son foible, il faut t'efforcer de lui persuader que son âge, sa mauvaise santé, tout s'oppose au mariage qu'il projette.

FRONTIN.

Laisse-moi faire.

LISETTE.

Attendons tout des circonstances, & laissons agir M. Orgon; au moindre mal de rate il nous fournira lui-même des armes pour le combattre.

FRONTIN.

On frappe.

LISETTE.

C'eſt, ſans doute, Valere.

FRONTIN.

Ouvrirai-je.

LISETTE.

Oui, ſûrement.

JULIE, *vivement.*

Non, Liſette. Je ne ne le veux pas. (*Affectant un air ſévère.*) Frontin, ſongez que je vous le défends.

FRONTIN.

Vous ſerez obéï, Mademoiſelle; je vais le congédier.

SCENE III.

ORGON, JULIE, LISETTE, FRONTIN, VALERE.

VALERE *à Frontin.*

LAISSE-moi entrer, je t'en conjure.

FRONTIN, *tenant la porte à demi fermée ſur Valere.*

Ce n'eſt point là le moment de parler à Mademoiſelle. Liſette & moi nous vous ſervons tous deux. Retirez-vous.

VALERE.

De grace, Frontin.

(*Lisette fait signe à Valere d'entrer; elle veut se lever pour l'aller joindre. Julie la retient, & la contredit par des gestes contraires qu'elle fait à Frontin.*)

FRONTIN, *à Valere, fixant Julie.*

Il n'est pas possible. Mon maître est un jaloux qui ne veut pas qu'elle le quitte, même pendant qu'il dort, vous le voyez. S'il savoit jamais.....

VALERE, *les yeux attachés sur Lisette.*

Tu vois bien que Lisette m'appelle. (*Il le pousse & entre brusquement.*)

FRONTIN, *bas à Valere, en marchant derriere lui.*

Ne faites point de bruit; au moins, de la prudence.

VALERE, *bas à Frontin.*

N'appréhende rien. (*Courant au devant de Julie.*) Enfin, belle Julie, il m'est donc permis d'avoir le bonheur de vous voir!

JULIE, *émue.*

Valere..... Retirez-vous.

VALERE.

Laissez-moi vous parler un moment.

(*Orgon fait quelques mouvemens dans son fauteuil; ils en sont tous allarmés.*)

FRONTIN, *bas à Valere.*

Monsieur, délogez au plus vîte.

VALERE, *bas à Frontin.*

Mais.....

(*Frontin bas à Valere, le prenant par le bras & le séparant de Julie*).

Et vite & tôt, demain vous conterez tout cela.

LISETTE, *après s'être approchée d'Orgon, & s'être assurée qu'il dort.*

(*A Valere, l'arrêtant par le bras.*) Demeurez. (*A tous les trois.*) Nous sommes plus heureux que sages. Il ronfle de plus belle.

FRONTIN.

Bon; tant mieux. Il me vient une idée.

JULIE, LISETTE, VALERE, *ensemble.*

Quelle? Parles? Dis-nous ce que c'est.

FRONTIN, *les rassemblant tous les trois.*

Plus bas. (*A Julie.*) Les rhumes & les catharres auxquels le bonhomme est sujet, lui ont fait faire depuis peu des contre-vents avec des rideaux qui joignent très-bien.

JULIE.

Oui.

FRONTIN, *se tournant du côté de Lisette.*

Le moindre vent, ni le moindre jour ne peuvent y passer?

LISETTE.

Non.

VALERE.

Pourſuis.

FRONTIN, *à Valere.*

Je vais tout fermer avec ſoin.

VALERE & LISETTE, *enſemble.*

Fort bien.

JULIE.

Mais.....

FRONTIN, *continuant de parler à Valere.*

L'appartement ainſi clos deviendra plus noir qu'un four. S'il vient à s'éveiller, vous pourrez au moins vous échapper ſans qu'il vous voye.

VALERE.

C'eſt bien penſer.

LISETTE.

Tu as raiſon.

JULIE.

Non, Valere : de grace, allez vous-en.

(*Frontin ferme les volets, on baiſſe les lampes & le Théâtre s'obſcurcit.*)

VALERE.

Eh quoi ! refuſerez-vous de rendre l'eſpoir à mon ame allarmée ? Je vous perds..... Ma conſtance a-t-elle laſſée la vôtre ?

JULIE.

Si vous n'êtes venu que pour m'accabler de vos reproches injuftes.....

LISETTE.

Etes-vous fou ? Il eft bien tems de fe quereller quand il eft queftion de trouver les moyens de parer un coup qui vous défefpéreroit tous deux.

JULIE.

Mais auffi.....

LISETTE.

Allons, paix ; trêves à toutes difputes.

FRONTIN.

Plus bas donc, morbleu : parlez plus bas.

ORGON, *fe réveille en bâillant.*

Ha.....

LISETTE, *bas.*

Chut,

VALERE, *à demi voix.*

Maudit foit du vieillard ! Le voilà qui fe réveille.

FRONTIN, *bas à Valere.*

Pefte foit de vous - même ! Pourquoi avez vous fait tant de bruit.

ORGON, *fe parlant.*

Je viens de faire un bon fomme. (*Se frottant les yeux.*) Seroit-il déja nuit ?

FRONTIN, *bas.*

Bon ! il croit qu'il fait nuit.

ORGON, *continuant de se parler.*

J'ai donc dormi bien long-tems ? (*Elevant la voix.*) Frontin ?

FRONTIN.

Monsieur ?

ORGON.

Que fais-tu là ?

FRONTIN.

Rien.

ORGON.

Comment, rien ! Pourquoi n'as-tu pas allumé les bougies ?

FRONTIN, *d'un ton embarrassé.*

Les..... bougies, Monsieur ?

ORGON.

Sans doute.

JULIE, *à Valere, à demi-voix.*

Sauvez-vous, Valere.

ORGON.

Hem : que dis-tu ?

FRONTIN.

Je dis..... qu'il n'est pas nécessaire.

ORGON.

Il n'est pas nécessaire ?

FRONTIN.

Non, Monsieur, puisqu'il est grand jour.

ORGON.

Il eſt grand jour !

FRONTIN.

Vous le voyez auſſi bien que nous ; il n'eſt que cinq heures.

ORGON, *ſe troublant.*

Que dis-tu, cinq heures ? Comment, il n'eſt pas nuit ?

FRONTIN.

Comment, nuit ! Le jour n'a jamais été ſi beau.

ORGON.

Te mocques-tu de moi, pendart ?

FRONTIN.

Le Ciel m'en préſerve.

ORGON.

Viens ici.

FRONTIN.

Me voilà.

ORGON.

Où donc ?

FRONTIN.

Devant vous.

ORGON.

Devant moi !

FRONTIN.

Oui, Monſieur, & Liſette auſſi.

ORGON.

Où eſt Julie ?

JULIE, *d'une voix tremblante, après avoir hesité à répondre.*

Me voici.

ORGON, *se troublant de plus en plus.*

Mais.... je ne vous vois point.

FRONTIN.

Nous vous voyons bien, nous.

LISETTE, *haut à Frontin.*

Tu te donnes la peine de lui répondre; est-ce que tu ne vois pas que Monsieur rêve.

ORGON.

Non, Lisette, je ne rêve point; sois persuadée que je suis très-éveillé. O Ciel! Serois-je devenu subitement aveugle?

(*Ici Frontin se rassure.*)

(*Pendant les* à parte *suivans, Orgon paroît absorbé par la tristesse. Les coudes appuyés sur ses genoux, il soutient sa tête, qu'il laisse, par intervalle, tomber sur ses deux mains. Cinq heures sonnent à la pendule. Il les compte par ses doigts. Cette derniere preuve qu'il fait jour, achève de le convaincre.*)

FRONTIN, *bas à Julie.*

Bon, il s'enferre de lui-même. Aveugle!

(*Ce mot doit rouler circulairement avec joie & avec rapidité.*)

JULIE,

JULIE, *bas à Lisette.*

Aveugle.

LISETTE, *bas à Valere.*

Aveugle.

VALERE, *bas à Lisette.*

Fort bien.

FRONTIN, *bas à Julie.*

Mademoiselle, secondez-nous.

JULIE, *bas à Frontin.*

Je crains.

FRONTIN, *bas à Julie.*

Votre silence nous trahiroit; parlez à votre tour.

ORGON, *d'un ton pleureur.*

Frontin, Lisette, Julie!

FRONTIN.

Eh bien, Monsieur? Eh bien? Est-ce une Comédie que vous voulez jouer?

LISETTE.

Dites-le-nous franchement.

JULIE, *d'une voix mal assurée.*

Cessez de plaisanter, je vous prie.

ORGON.

Je ne plaisante point: ce que je dis n'est que trop véritable. Je ne vois plus. Quel intérêt aurais-je de te faire croire que j'ai perdu la vue!

LISETTE.

Qui le penſeroit en le regardant ! Tenez, Mademoiſelle, voyez comme ſes yeux ſont beaux !

FRONTIN.

Pas ſi beaux. Moi je les trouve très-rouges. Tiens, paſſe de ce côté, Liſette. Obſerve avec attention cette taie ſur la prunelle. Tu ne vois pas ?

LISETTE.

Non.

FRONTIN.

Baiſſe-toi, tu la découvriras mieux.

LISETTE.

Ah ! oui, vraiment. En voilà deux même, trois, ſur l'œil droit ! Regardez, regardez, Mademoiſelle.

JULIE.

C'eſt vrai !

ORGON.

Ne ſeroit-ce point un coup d'air que j'aurois reçu par aventure ?

FRONTIN.

Ma foi, non, la porte même eſt entre-bâillée.

ORGON, *avec humeur.*

Mais je l'ai déja dit cent fois, quand je dors, pourquoi la laiſſe-t-on ouverte !

FRONTIN.

Si vous avez froid, j'allumerai du feu.

ORGON.

Au contraire, j'ai trop chaud. C'eſt ce qui fait que le vent m'incommode. Ma derniere fluxion n'eſt venue que par cette imprudence.

LISETTE.

Ce que c'eſt que de nous ! Ah ! grands Dieux !

FRONTIN.

Comme les accidens arrivent tout-à-coup ?

JULIE.

Qui auroit dit ce matin qu'un pareil malheur lui ſeroit arrivé !

FRONTIN.

C'eſt cette maudite ſaignée qu'on lui a faite hier qui aura occaſionnée cet accident. Je ne le voulois pas moi.

ORGON.

La ſaignée, dis-tu ?

JULIE.

Rien n'eſt ſi contraire à la vue.

LISETTE.

Outre qu'elle l'affoiblit, elle met les humeurs en mouvement, & votre goutte, qu'elle aura forcée d'abandonner vos talons, ſe ſera inhumainement réfugiée dans votre tête.

ORGON.

La chienne de goutte !

FRONTIN.

Un homme auſſi prudent que vous ſe faire ſaigner le treize du mois.

LISETTE.

A la treizieme heure du jour.

JULIE.

Un Vendredi !

ORGON.

Ah ! Ciel !

FRONTIN.

Dans la canicule, encore !

ORGON.

La malheureuſe ſaignée !

FRONTIN.

Je n'ôſe cependant affirmer que ce ſoit cela ; peut-être il ſe pourroit..... oui. Je gagerois que le venin de quelqu'inſecte....

ORGON, *ſe frottant les yeux.*

En effet, je me rappelle avoir été réveillé plus d'une fois par des picotements...

FRONTIN.

Conſolez-vous, le mal n'eſt pas ſans remède.

ORGON.

Vas me chercher un Oculiſte.

FRONTIN.

Vous amenerai-je celui dont la réputation fait tant de bruit ?

ORGON.

Qui ? ce Gascon nouvellement arrivé ?

FRONTIN.

Eh, non ! Bah ! un Gascon ! c'est bien un Virtuose de la Garonne qu'il vous faut ! C'est ce fameux Italien qui fait courir après lui toute la France ; la crême & la fleur de tous les Médecins, M. Olliviranello di Bancalchatris, dè Palpas Pigastro.

ORGON.

Bon Dieu ! quel nom ! Si le savoir faire de cet homme est aussi étendu que son nom, il doit être bien habile !

FRONTIN.

Il vous guérira de tous ces maux en un clin-d'œil.

ORGON.

Cours promptement chez lui.

FRONTIN.

Je vous suis trop nécessaire. Vas-y, Lisette. Tiens, voilà son adresse. (*Bas, à Lisette.*) Vas fermer les volets de tous les appartemens ; tu donneras l'ordre ensuite qu'on ne laisse entrer personne. (*Haut.*) Tu entends bien, à main gauche, en entrant ... par la rue ... là ... cette porte cochere auprès du cul-de-sac qui....

LISETTE.

(*Haut.*) Oui, oui; je vois cela d'ici. (*Bas, à part.*) Reste à savoir si je pourrai trouver la porte.

Elle se heurte contre une table qu'elle renverse en sortant.

ORGON.

Prends donc garde à ce que tu fais. Ne vois-tu pas clair aussi toi ? Vas doucement. Cette fille est d'une si grande étourderie qu'elle se tuera quelque jour.

SCENE IV.

ORGON, JULIE, VALERE, FRONTIN.

ORGON.

EN attendant cet Oculiste, si j'allois me reposer sur mon lit ? Frontin, qu'en penses-tu ?

FRONTIN.

Vous ferez bien, Monsieur; vous y serez beaucoup mieux qu'ici.

VALERE, *bas à Julie.*

Nous ne tarderons pas, ma chere Julie, à nous parler en liberté.

SCENE V.

UN FACTEUR, ORGON, JULIE, VALERE, FRONTIN.

LE FACTEUR, *entrant par une autre porte que celle par où Lisette est sortie.*

(*Se parlant à lui-même.*) (*A demi voix*).

OH, oh! on se couche ici de bonne heure, à ce qu'il me paroît! (*Elevant la voix*) Y a-t-il quelqu'un?

ORGON.

Qu'est-ce?

LE FACTEUR.

Monsieur, c'est le Facteur.

FRONTIN, *bas.*

Que cent diables t'étranglent, maudit courier de malheur: (*Haut*) qui t'a permis d'entrer?

LE FACTEUR.

Moi, notre Bourgeois; je m'en suis baillé la permission.

FRONTIN.

Bâille-toi celle de déloger promptement.

LE FACTEUR.

Le Portier n'étoit pas dans sa loge, &.....

JULIE.

C'est bon : c'est bon, mon ami ; mets-là ta lettre.

LE FACTEUR.

Où, Mademoiselle ? Faut-il avancer bien loin ? J'ai peur de me casser le col.

(Il avance quelques pas en tremblant).

JULIE, *bas à Valere.*

Cet homme va nous trahir.

LE FACTEUR, *faisant un faux-pas.*

Haie : le pavé est bien glissant !

ORGON.

Ces gens-là ne sont pas habitués à marcher sur le parquet.

FRONTIN.

Non, certainement.

LE FACTEUR.

Ce n'est pas tout-à-fait cela ; c'est parce que....

FRONTIN.

Allons, allons : point tant de raisons ; vas-t'en.

LE FACTEUR.

Venez donc prendre au moins votre lettre.

FRONTIN, *avançant vers le fonds du Théâtre.*

(*Haut.*)Donne-la moi.(*Bas.*) Où es-tu? jette-là par terre.

LE FACTEUR.

Je ne demande pas mieux (*Il la jette.*), la voici.

FRONTIN.

Je n'ai pas de monnoie; on te payera demain.

LE FACTEUR.

Oh! que ça ne vous gêne pas! bonjour.

FRONTIN.

Vas-t-en au diable à présent.

JULIE, *bas.*

Le voilà enfin parti!

SCENE VI.

ORGON, JULIE, VALERE, FRONTIN.

ORGON.

AIE donc plus d'humanité, ne te mets donc pas si fort en colere contre cet homme.

FRONTIN.

Bon, Monsieur, de l'humanité! c'est un malheureux; il eſt ſi yvre qu'il ne ſauroit deſſerrer les dents.

ORGON.

Je ne ſuis plus ſurpris s'il avoit tant de peine à ſe ſoutenir.

FRONTIN.

Il a été deux heures à fouiller dans ſes lettres pour trouver la vôtre.

ORGON.

Lis-moi cette lettre.

FRONTIN, *bas.*

En voici bien d'une autre!

ORGON.

Romps le cachet. Vois de quelle part elle vient.

FRONTIN, *après une légere pauſe.*

Elle vient ..... de ..... de ..... Jacqueline Simonne.

ORGON.

Ah!

FRONTIN.

C'eſt, je crois, la fille de feu votre pere nourricier?

ORGON.

Oui.

FRONTIN.

Votre ſœur de lait, Monſieur, n'eſt-ce pas?

ORGON.

Justement : je suis très-aise de recevoir de ses nouvelles.

FRONTIN.

J'en suis enchanté aussi. C'est une brave femme.

ORGON.

Lis : je suis impatient de savoir ce que la bonne-femme me mande.

FRONTIN.

Monsieur......

ORGON.

Quoi ?

FRONTIN.

Si vous m'en croyez, vous remettrez cette lecture-là à demain.

ORGON.

Pourquoi cela ?

FRONTIN.

C'est que je crains que cette lettre ne renferme quelque chose de sinistre.

ORGON.

Les nouvelles qu'elle m'apprend peuvent être aussi fort bonnes.

FRONTIN.

Oh ! pardonnez-moi : c'est une femme qui toute sa vie a été fort malheureuse. Je sais combien vous êtes sensible ; &, dans l'état où vous êtes, le chagrin..... croyez-moi, allez vous repoſer.

ORGON.

J'irai tout-à-l'heure. Lis, te dis-je.

JULIE, *bas à Valere.*

Comment pourra-t-il ſe tirer de-là?

FRONTIN, *bas.*

Dans quel embarras ce chien de Facteur me jette! par où débuterai-je!

ORGON.

Eh bien?

FRONTIN, *feignant de lire.*

« Monſieur mon frere, à qui Dieu veuille » conſerver la ſanté (elle ne ſe doute pas du » malheur qui nous eſt arrivé) je ſuis malade » à Rouen, giſſante ſur un grabat.

ORGON.

La pauvre femme!

FRONTIN.

Je vous avois bien dit que cette lettre vous affligeroit, laiſſons cela.

ORGON.

Non, continue. De quel jour écrit-elle?

FRONTIN.

De quel jour? ma foi je n'en ſais rien. Il faudroit être ſorcier, Monſieur, pour vous le dire.

ORGON.

Vois la date, pécore.

FRONTIN.

La date?

JULIE.

Oui, elle doit ſe trouver avec le nom du pays en tête ou au bas de la lettre.

FRONTIN.

C'eſt juſte, Mademoiſelle. Ah! la voici en haut: Abbéville *, le 4 Février mil ſept cent ſoixante-dix-huit.

ORGON.

Abbeville! elle ne peut pas dater de Picardie, puiſqu'elle eſt malade à Rouen.

FRONTIN.

Vous avez raiſon: comment..... eſt-ce que j'ai n'ai pas dit Rouen?

ORGON.

Non, vraiment.

FRONTIN.

Le mot eſt bien moulé cependant. C'eſt moi qui me trompe.

ORGON.

Fais donc attention à ce que tu dis. Voyons un peu; recommence.

---

* Pour conſerver la vraiſemblance, l'année que l'on énonce ici doit varier: elle doit toujours être celle où l'on fait la repréſentation de la Pièce.

FRONTIN.

(*Bas*) (*Haut feignant de lire*).

Il a le diable au corps. « Monsieur mon frere, » j'ai l'honneur de vous écrire ces mots, pour » vous informer de la malheureuse position où » je suis.....

ORGON.

Encore une fois ce n'est pas cela que tu viens de dire.

FRONTIN.

Oh, dame! si vous m'interrompez toujours, comment voulez-vous que je lise ! cette écriture est si baroque qu'on pourroit la lire en vingt façons différentes.

ORGON.

Lis donc comme tu l'entendras.

FRONTIN.

(*Bas*) (*Haut, feignant de lire*).

Je suis sur les épines. « Je suis malade à » Rouen (ceci est bien lisible, par exemple), » n'ayant plus ni sol ni maille dans mon giron, » depuis qu'il m'est mort, sauf votre respect, » deux vaches...... & six dindons, de la cla- » velée ? »

ORGON.

De la clavelée ?

FRONTIN.

Oui. (*En pleurant.*) Ah ! Monsieur ; c'est une

ſi honnête femme que la pauvre dame Simonne !

ORGON.

Pourſuis donc.

FRONTIN *feignant de lire.*

C'eſt pourquoi....... C'eſt pourquoi....... (*à part.*) Ma foi ! Je ne ſais plus que dire.

ORGON.

Tu ne peux pas lire ?

FRONTIN.

Le moyen ! Il me faudroit quatre paires de lunettes pour lire ici. C'eſt un grimoire. L'encre eſt ſi blanche, ſi blanche...... (*Bas à part.*) qu'en vérité j'en ſue à groſſes gouttes.

ORGON.

En voilà aſſez. Je comprends tout. Elle eſt dans le beſoin. Je la ſecourerai. Donne-moi cette lettre.

FRONTIN, *bas à Valere avec beaucoup d'inquiétude.*

Monſieur..... Monſieur..... Je n'ai pas un chiffon de papier dans mes poches.

VALERE, *bas à Frontin.*

Attends. Je m'en vais lui en donner.

(*Il fouille avec précipitation dans les ſiennes, en tire un papier qu'il plie en quatre & le met entre les mains d'Orgon.*)

ORGON. *Il se leve & prend Valere par le bras.*

Allons, viens. Conduis-moi. Tu chanceles! Marche donc ferme.

VALERE, *bas à Frontin.*

Frontin, je suis pris.

FRONTIN, *bas à Valere.*

Tant pis, morbleu. Tâchez de vous échapper.

VALERE, *haussant un peu la voix.*

Il me serre trop fort!

ORGON.

Excuse, mon enfant. C'est que j'ai peur de tomber.

JULIE.

Ne craignez rien, Monsieur. Frontin est un bon guide.

FRONTIN, *cotoyant Valere & répondant pour lui aux discours d'Orgon.*

Je vous conduirai bien, Monsieur; mais lâchez-moi un peu, s'il vous plaît.....

ORGON.

Je n'ai garde. A présent que je ne vois plus, je ne suis pas tranquille.

FRONTIN.

Comment?

ORGON.

ORGON.

Mon mal n'eſt pas la ſeule choſe qui m'inquiete. Tout redouble mes allarmes ſur mon amour. Je crains fort que Julie......

(*Le reſte de la ſcène ſe dialogue en marchant.*)

JULIE, *bas.*

C'eſt de moi qu'il parle. Écoutons.

FRONTIN.

Ah! Monſieur, que dites-vous-là! Mademoiſelle Julie!

ORGON.

Parlons bas, mon cher Frontin.

FRONTIN, *baiſſant un peu la voix.*

Vous craignez qu'elle ne vous ſoit infidelle; à vous qui l'aimez à l'adoration!

ORGON.

Il eſt vrai.

JULIE, *bas, croyant Valere auprès d'elle.*

Valere, ſuivons leurs pas.

FRONTIN.

Qui êtes ſon tuteur! Qui lui avez toujours tenu lieu de pere.

ORGON.

Parles-lui à toute heure de moi.

JULIE, *bas à part.*

Il ne répond point.

ORGON.

Fais-lui concevoir de l'horreur pour tous ces

blondins, ces freluquets...... J'en vois roder un tous les jours sous mes fenêtres......

JULIE, *en cherchant Valere & passant devant Orgon.*

Valere......

ORGON.

Oui, justement Valere. (*Valere heurte un siége qu'il rencontre.*)

ORGON.

Cet étourdi.

FRONTIN.

Ce n'est rien, Monsieur, je ne me suis pas fait de mal ; au contraire. Soyez tranquille sur Valere. Je vous assure que je le ferai déguerpir. Je veux veiller en votre place, & dès ce soir en embuscade, armé d'un gros bâton......

JULIE, *parcourant le Théâtre d'un côté opposé à celui où est Orgon.*

St......

ORGON.

Le brave garçon. Je veux récompenser ton zele. Prends cette bourse.

(*Ils s'arrêtent tous les trois devant la porte qu'ils ont déja passée sans pouvoir la trouver.*)

FRONTIN, *il quitte Valere qu'il tenoit par la manche, pour chercher à prendre la bourse.*

Ah! Monsieur.......

ORGON.

Prends, prends.

FRONTIN, *cherchant la bourse.*

Je vous sers sans intérêt........

ORGON.

Je le veux croire.

FRONTIN, *bas.*

Maugrebleu de la circonstance! (*Haut*) Je ne là prendrai pas........

(*Valere attrape la bourse, & la remet dans la main d'Orgon, croyant la donner à Frontin*).

ORGON, *tendant de nouveau la bourse.*

Prends, te dis-je.

FRONTIN

(*Bas en se dépitant*). (*Haut*).

Celui-là est désespérant! Je ne le puis, sur mon honneur.

ORGON, *à part.*

La belle ame! puis je douter à présent de son affection! je défie que l'on trouve un valet plus fidele & moins intéressé.

(*Il met la bourse dans sa poche, & sort avec Valere, qui, faisant un pas, rencontre enfin la porte*).

SCENE VII.

JULIE, FRONTIN.

FRONTIN, *cherchant toujours la bourse.*
(*Bas*). (*Haut*).

J'ENRAGE...... En toute autre occasion, Monsieur, je l'aurois déjà prise.

JULIE, *n'entendant plus parler Frontin qui s'occupe à chercher la bourse.*

Je ne les entend plus; je crois qu'ils sont sortis.

FRONTIN, *bas.*

Oh! tôt ou tard, elle me reviendra.

JULIE.

(*Saisissant Frontin par le bras*).

Ah, vous voilà! la bonne dupe que ce pauvre Monsieur Orgon!

FRONTIN, *haut.*

Il est vrai, mais........

JULIE, *baissant la voix, & quittant Frontin.*

C'est toi, Frontin! (*Elle s'éloigne à grands pas toute effrayée.*

FRONTIN.

Vraiment oui, c'est moi : le hasard nous a très-bien servi; n'ai-je pas bien fait d'en profiter?

JULIE, *revenant sur ses pas.*

Où est Valere ?

FRONTIN.

Valere, comme un sot, s'est laissé prendre au collet par Monsieur Orgon, qui l'a sans doute emmené dans sa chambre.

JULIE.

Ah Ciel ! qu'as-tu fait !

FRONTIN.

Est-ce ma faute à moi si ? ....

JULIE, *éplorée.*

Oui, c'est ta faute. De quoi t'avisois-tu ? hélas ? dans quel embarras Valere ne doit-il pas être ?

FRONTIN.

Je marchois à ses côtés, & répondois pour lui aux discours du vieillard ; mais l'obscurité est si grande, que je me suis écarté, &........

JULIE.

Ah ! cette obscurité pourroit nous trahir : je vais la dissiper.

(*Elle ouvre les volets, & on leve les lampes*).

FRONTIN.

Mais songez-donc que, s'il vient à rentrer, il va s'appercevoir........

JULIE.

Eh ! que peut-il m'arriver de pire ! Valere

va tout découvrir ! Mon cher Frontin, cours l'arracher de ses bras.

FRONTIN.

Malpeste ! j'aime mieux attendre qu'il en sorte.

SCENE VIII.

FRONTIN, JULIE, VALERE.

VALERE, *entrant avec précipitation sur le Théâtre.*

M'EN voilà heureusement débarrassé ; ouf !

JULIE.

Le voici ! je respire. Ah ! Valere, que j'ai souffert ! Mon esprit n'est pas encore remis de son trouble.

VALERE.

Jamais peine ne fut égale à la mienne : je marchois à tâtons ; je m'égarois à chaque pas, & vingt fois j'ai pensé tomber avec lui.

FRONTIN, *il ramasse la lettre que le Facteur a jettée, & en lit l'adresse à demi-voix.*

A Monsieur, Monsieur Orgon de la Piraudiere.

(*Très-haut*). Ah ! si j'avois su cela plutôt !

JULIE.

Qu'as-tu donc?

FRONTIN, *déſeſpéré.*

Cette lettre........

JULIE.

Eh bien! cette lettre? ....

FRONTIN.

N'étoit point pour votre tuteur, Mademoiſelle; elle eſt pour ſon couſin.

VALERE.

Sans les reſſources de ton eſprit, elle nous perdoit tous.

FRONTIN.

J'avois bien beſoin d'en uſer les reſſorts inutilement; mais au ſurplus, pouvions-nous deviner......., Oublions nos revers, dites-moi un peu, comment avez-vous fait pour n'être pas reconnu?

VALERE.

Le haſard m'a ſervi tout en arrivant; il m'a ordonné de lui lire quelque choſe, pour diſtraire un peu ſon chagrin.

FRONTIN.

Fort mal cela.

VALERE.

Vas prendre un livre dans ſa bibliotheque; & vas prendre la place.

FRONTIN.

C'est bientôt dit : quoi, ventrebleu, j'échappe au danger, & vous avez la cruauté de vouloir que je m'y replonge! non, Monsieur; j'ai pu feindre de déchiffrer quatre mots d'une lettre supposée; mais ne vous imaginez pas que je puisse lire un livre sans y voir.

SCENE IX.

LES MÊMES, ORGON.

ORGON, *derriere le Théâtre.*

ARRÊTE.

VALERE.

Quel surcroit d'embarras!

FRONTIN.

La chienne de fantaisie qui lui prend!

JULIE.

Vois où nous réduit ta maudite invention!

FRONTIN.

Qui diantre l'auroit pu prévoir! ce vieux rocantin a toujours regardé la bibliotheque de ses peres, comme le meuble le moins utile de sa maison.

ORGON, *derriere le Théatre, criant encore plus fort.*

Frontin?...

SCENE X.

FRONTIN, JULIE, VALERE.

JULIE.

JE crois qu'il approche ; ſauvez-vous, Valère.

VALERE, *s'enfuyant.*

Je ſuis contraint de vous obéir.

SCENE XI.

JULIE, FRONTIN.

JULIE, *ſe parlant, mais aſſez haut pour être entendue de Frontin.*

QUE va-t-il penſer de tout ceci ?

FRONTIN, *ſe parlant également.*

L'affaire eſt ſérieuſe. J'ai bien peur que mon dos.... Foin du vieillard & de moi ! Pour nous tirer d'un pas auſſi fâcheux, commençons par refermer les volets.

(*Liſette entre & ne lui donne pas le tems de les fermer.*)

SCENE XII.

JULIE, FRONTIN, LISETTE.

LISETTE.

TON Maître se plaint de ce que tu le laisses seul. Il te demande à grands cris.

FRONTIN, *désespéré.*

Je ne l'entends que trop. S'imagine-t-il que je sois sourd ! Je crois que le Diable s'en mêle ! Je vois naître embarras sur embarras...

LISETTE.

Quel embarras ?

FRONTIN.

Il demande qu'on lui fasse une lecture. As-tu des yeux de Lynx ? vas-t-en lire auprès de lui.

LISETTE, *avec la plus grande tranquilité.*

Rien n'est plus facile.

FRONTIN.

Comment ?

LISETTE.

Les volets de tous les appartemens sont ouverts.

JULIE.

Ah ! Ciel !

LISETTE.

D'où vient cette ſurpriſe ? Ne ſavez-vous pas ?...

FRONTIN, *avec crainte.*

Nous ne ſavons rien. Auroit-il ſoupçonné?..

LISETTE.

Bon ! ſoupçonné ! Il eſt plus que jamais notre dupe. Tu nous avois rendus auſſi aveugles que lui, & nous ne pouvions agir ſans riſque de nous trahir....

FRONTIN.

Il eſt vrai. Je réfléchiſſois aux moyens...

LISETTE.

Vous êtes tous des gens ſans précaution. Je viens de lui couvrir les yeux d'un bandeau, après les avoir frottés avec de l'eau que j'ai priſe ſur la toilette de Mademoiſelle.

FRONTIN, *faiſant un ſaut de joie.*
Vivat !

JULIE.

Lui as-tu mis ce bandeau bien épais ?

LISETTE.

Deux mouchoirs lui brident le nez; il n'attend plus que l'Oculiſte qu'on lui a promis; car vous jugez bien que j'ai ſuppoſé que cette eau lui étoit envoyée de ſa part.

FRONTIN.

Nous n'irons pas loin pour le chercher.

JULIE.

Où donc eſt-il ?

FRONTIN.

Le voici.

LISETTE.

Toi ?

FRONTIN.

Oui, moi.

LISETTE.

Il reconnoîtra ta voix.

FRONTIN.

Oh ! je l'en défie. Je baragouine quand je veux auſſi bien que mon ancien Maître.

LISETTE.

Ton ancien Maître !

FRONTIN.

Tu ne ſais donc pas qu'avant que d'entrer au ſervice du bon-homme j'étois l'aſſocié d'un Charlatan ? Je le ſuivois par-tout, à pied, à cheval, en carroſſe, dedans, derriere, dans les rues, dans les bourgs, dans les villages ; &, quand il étoit malade, j'allois pompeuſement en Ambaſſade ; je m'aviſois de haranguer le public en ſa place, avec tous ſes accoûtremens.

LISETTE.

Ah ! c'eſt une autre affaire.

JULIE.

Mais ſi ſon bandeau venoit à ſe dénouer!

LISETTE.

Ne craignez rien : le bonnet qui le couvre l'aſſujettit trop pour cela. Ne lui ai-je pas d'ailleurs défendu d'y toucher. Que ne fera-t-il pas dans l'eſpoir de guérir?

FRONTIN.

Fort bien; mais je ne m'y fie pas. Vas donc dans ma chambre; tu y trouveras une perruque & un habit brodé; tu me les apporteras ſans tarder.

LISETTE.

Pourquoi changer d'habit, puiſqu'il n'y voit pas.

FRONTIN.

Il faut que je l'approche : en lui parlant il peut me toucher, & mon traveſtiſſement le rendra plus que jamais notre dupe.

LISETTE.

J'y cours.

(*Orgon ſonne.*)

SCENE XIII.

JULIE, FRONTIN.

FRONTIN, *élevant la voix.*

ALLONS, allons ; tout-à-l'heure. Je ne te rendrai la vue qu'à bonnes enſeignes.

JULIE.

Pourras-tu lui en impoſer au point ?...

FRONTIN.

Mon Dieu ! ne ſoyez en peine de rien. Reſtez tranquile ; l'homme que je vais contrefaire avoit de l'eſprit ; &, ſans trop me vanter, je ne le ſecondois pas mal.

SCENE XIV.

LISETTE, JULIE, FRONTIN.

LISETTE, *apportant le paquet qu'elle jette par terre.*

TIENS, voilà tout ce que tu as demandés.

FRONTIN.

Bon : allons, retirez-vous. Des demoiſelles bien nées ne doivent point voir un joli homme, d'une tournure agréable, disposer les apprêts de sa toilette; la bienséance......

LISETTE, *riant.*

Faquin!

FRONTIN.

Décampe; vas t-en avertir Monsieur Orgon que l'Oculiste est arrivé. Ecoute : écoute; s'il me demande, tu lui diras.....

LISETTE.

Que tu viens de sortir pour épier Valère?

FRONTIN.

Oui : & que l'intérêt de son amour m'empêche de me rendre auprès de lui.

LISETTE, *sortant.*

C'est entendu.

FRONTIN.

Vous, Mademoiselle, allez, par un mot d'écrit, délivrer Valère d'inquiétude. Recommandez-lui sur-tout, qu'il ne s'écarte pas.

(*Julie sort par un côté opposé à celui de Lisette.*)

SCENE XV.

FRONTIN, *seul.*

AH ça : voyons un peu. Commençons par mettre la perruque. Non, ce n'est pas cela;

l'habit auparavant : le collier de l'ordre ; la perruque à présent : le chapeau à grandes plumes. Le diable m'emporte si je ne crois être mon ancien maître ! quand Monsieur Orgon y verroit clair, sûrement il ne me reconnoîtroit pas ! on vient. Paix ; c'est lui : prenons le ton grave qui convient à notre nouvel état. (*Il tousse.*) : hum : hum : hum.

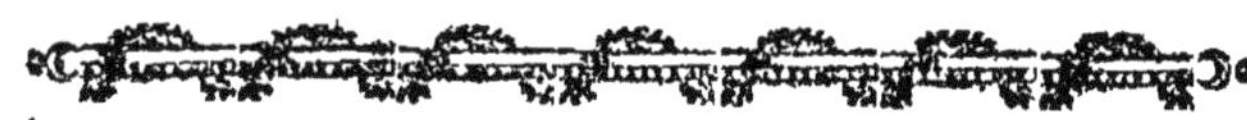

SCENE XVI.

ORGON, LISETTE, FRONTIN.

ORGON, *un bandeau sur les yeux, & appuyé sur Lisette.*

CE maraut !

FRONTIN, *à part.*

A qui en veut-il ?

ORGON.

Me laisser seul !

FRONTIN, *à part.*

C'est contre moi qu'il jure.

ORGON.

Dans l'état où je suis !

LISETTE.

Mais, Monsieur.....

ORGON.

ORGON.

Lorſque je n'eus jamais plus beſoin de ſon ſecours.

LISETTE.

Quoi donc! avez-vous ſitôt oublié ce que je vous ai dit ?

ORGON.

Que m'as-tu dit ?

LISETTE.

Qu'il faiſoit ſa ronde autour de la maiſon: il eſt maintenant occupé à épier Valere.

ORGON.

Je le tiens quitte de ce ſoin ; il n'a qu'à bien fermer toutes les portes, ce godelureau n'entrera point.

FRONTIN, *à part.*

Il faut jouer d'adreſſe, ou bien le Médecin pourroit aller à tous les diables. (*Haut.*) Eh bien! quoi ? qu'eſt-ce ? me voici.

LISETTE.

Ah! je ne te voyois pas.

FRONTIN.

Tu ne vois rien , toi.

ORGON.

Et toi, double traître, que fais-tu là ? Pourquoi me quittes-tu ? Pourquoi ne pas venir quand on t'appelle ?

FRONTIN.

Eh! je vous ai bien entendu, mais je ne pouvois pas quitter M. le Médecin que voilà, & qui vous attend.

ORGON.

Monſieur ſe ſeroit fort bien paſſé de ta compagnie.

FRONTIN, *avec l'accent Italien.*

« (1) Excouſés mi, ſignor ; ſtou garçoun eſt » oun garçoun ſavant, pouli, honneſte. Sa » converſationné m'a plou infiniment ».

Ah! Monſieur! vous êtes bien bon. Je ſuis très-ſenſible à votre politeſſe, & à l'honneur que je reçois..... de la ſatisfaction.....

« Non, moun ami, je ne dis rien de trop. » Dita mè oun pou, Mademiſelle, ſta ſignor » perchè vo m'avez fait vinir ; eſt-ce ſta per» ſonne avougle ? »

LISETTE.

Oui, Monſieur.

FRONTIN, *avec l'accent.*

« La reveriſco mio Padroné, qu'oun l'ap» prouche & qu'oun lou faſſe aſſeoir à coſté di » moi. Loui à toun baſſiné les yeux avec moun » eau, commè j'ai dit? »

---

(1) Les Guillemets ſervent à indiquer les tems où Frontin déguiſe ſa voix.

LISETTE.

Oui, Monſieur.

FRONTIN.

C'eſt Liſette qui a opéré en votre abſence.

« Bené, c'eſt oune eau di loungue vue, ché » diſſout la cataracte, jè l'ai coumpouſée avec » lou ſuc d'ouné raciné; chè nè croit què tous » les cent ans aux Antipoudes.

ORGON.

Que tous les cent ans aux Antipodes! Elle doit être bien rare?

FRONTIN, *avec l'accent.*

«Dans toute la terre habitable je ſo uis lou » ſeul què la poſſède.

ORGON.

Voulez-vous voir mes yeux?

FRONTIN, *avec l'accent.*

» Il n'eſt pas tems d'outer votre bandeau: en » livant ſitôt l'appareil, moun eau s'évapou- » reroit & perdroit toute ſa vertu. »

Aſſurément, Monſieur, gardez-vous-en bien.

ORGON.

Mais cependant.....

FRONTIN, *avec l'accent.*

« Oun pou de patience, mia ſignore. »

Oui, c'eſt bien dit. Patience; laiſſez-vous

gouverner par Monſieur ; il ſait mieux que vous ce qu'il doit faire.

« Je ſouis aſſez verſé dans moun art per de- » viner à la teinte roubicounde di vos joues que » vos yeux ſount rouges & enflammés.

(*Bas à Orgon.*) Ce Médecin eſt bien habile ; il ſe rencontre juſte avec ce que je vous en ai dit tantôt.

LISETTE.

Croyez-vous, Monſieur, que le venin d'une araignée ?.....

FRONTIN, *avec l'accent.*

» Lou vinin d'oune arreignée ! qu'eſt-ce l'âne » ché a pou vo dire ouna pareille balourdiſe ?

LISETTE.

C'eſt Frontin.

FRONTIN.

FRONTIN, *avec l'accent.*

« Sta Frountin ne ſait ce qu'il dit. «

Mais, Monſieur.....

« Eſt-ce vo, mon ami, chè ſietes Lou Frontin ?

Oui, Monſieur, c'eſt moi.

« Eh bien, jè lou repete, vo ne ſavez ſta què » vo dites. »

Monſieur..... Je ſais fort bien.....

» Què vos iêtes oun ignourant ouna beſtia. »

Mais, Monſieur.....

» Jé vo dis que vous iêtes ouné beste. »

Et vous un faquin. Sans le respect que je dois à mon maître.

ORGON.

Parlez donc, Monsieur l'effronté.....

FRONTIN.

Mais, Monsieur, c'est un insolent.

« Moi, je souis oun insoulent.....

ORGON.

Tais-toi; je t'assomme si tu parles.

LISETTE, *bas à Frontin.*

Poursuis; cela va bien.

FRONTIN, *avec l'accent.*

» Traiter lou fameux Ollivirianelle di Bancal
» Chatris, dè Palpas pis gastre d'insoulent! je ne
» le souffrirai de la mia vie. »

Vous faites le méchant ici, mais..... Nous sommes de revue, Monsieur le Marchand d'orvietan.

» Mousou faites dounc taire stou doumestique
» perché perquoi. »

Oui, va, va, avec ton perché perquoi; je ne te crains pas.

» Monsou, faites dounc taire stou Domestique;
» je ne souis pas fait per me coumproumettre. »

ORGON.

Coquin, sors d'ici; crois-moi, évite de nous échauffer les oreilles.

FRONTIN.

Allons, allons, calmez-vous, Monſieur; je ne dirai plus rien.

ORGON.

A la bonne heure.

LISETTE.

Tu feras bien.

FRONTIN, *avec l'accent.*

« Vo devriez ſavoir, moun pitit raiſounneur, » chè faites lou capable, què loin qu'une araigna » ſoit venimouſe, oun applique ſa toile ſour les » bleſſoures les plus vives pour les guirir. Mais » laiſſons cela : per bien connoître la natoure di » voutre mal, il faut commencer per étudier » voutre tempérament. Quel aggie avez vous? »

ORGON.

Je n'aï que ſoixante & ſept ans.

FRONTIN, *avec l'accent.*

« Année climatérique! voſtré noum, Mou-» ſou? »

ORCON.

Je m'appelle Orgon.

FRONTIN, *avec l'accent.*

« Ourigoun! voilà oun noum bien ſiniſtre! » où touta les regles di la Chironmancia ſoient » fauſſes, ou lou pourtour d'oun pareil noum » nè povoit manquer oun jour d'être avougle.

» Donnez-mi vostrè bras. Voilà oun poulx d'oun » bien michant caractere : què doureté ! soun » agitatioun est parbleu vioulente ! » (*Il lui secoue rudement le bras.*)

ORGON.

Ouf ! il me rendra la vue en me cassant les bras ; je serai bien avancé !

« Crachez pour voir. (*Orgon crache.*) Ah, chè » spontatioun ! il crache lou sang ! signè què les » arteres ount transpourté lours réservoirs en » enhaut, & què sè pourtant à la rigioun di la » teste, ils loui ount dounné sta terrible ap- » poplexie de visiere què no voyon. »

ORGON, *effrayé.*

Une appoplexie de visiere.

FRONTIN, *avec l'accent.*

« Si mio padroné. »

ORGON.

Ah, Ciel ! que vais-je devenir ! (*A part*) Je ne croyois pas être si malade ! (*Haut.*) pouvez-vous me dire comment j'ai si promptement perdu la vue ?

FRONTIN, *avec l'accent.*

» Ché vo le dira si stou n'est mi ! jè lou sais » par lo studio que j'ai faitte di la diouptrique » & di la catouptrique. Descartes prétend.....

LISETTE, *bas.*

Que lui va-t-il conter !

FRONTIN, *avec l'accent.*

» Connoiſſez vo Deſcartes, Monſou ? grand » amatour per les yeux ſtou Mouſou Deſcartes ! » c'étoit oun Philoſophe grec des envirouns di » Roume què admettoit lou vuide. Nos autres » ſavans, nos appilouns en Philouſouphie vuide » touti chè n'eſt pas plein, & plein touti queſta » chè neſt pas vuide, perchè Mouſou.....

LISETTE, *bas à Frontin.*

Ne ſens-tu pas que tu t'embrouilles déjà ?......

FRONTIN, *avec l'accent.*

(*Bas à Liſette*).

C'eſt égal. (*Haut*) « Deſcartes prétend què » les ouuns naiſſent avougles, & què les autres » lè dèviennent en mourant. Il vo dit què dè » fixer lou ſouleil vo prive dè la vue, què la » trahiſoun d'oun éclair vo raze la pronnelle, » qu'oun veut couli vo detruit le blanc dè » l'œil.

(*Bas à l'oreille d'Orgon*). La ſenêtre ouverte en dormant.

FRONTIN.

» Mais ces ſortes di choſes la nè ſount què » lès cauſes dè la partie animale dou l'homme.

» Lès causes prouvinantes des parties spiri- » touelles ne pouvent être approufoundies què » par oun homme profound dans la connoissance » dè la natoure, & mè chè en souis lou scrouta- » tour ounique, què ai pourté moun art al der- » nier digré des perioudes, tant per la connois- » sance des simples & des racines, que par celle » des plantes què l'Etre soupresme dans oun mo- » ment di bounté a accourdé à tout lou genre » humain per solager ses meaux, mè chè des- » cend perpendicoulairiment en ligne droite » dans le cour dè l'homme; jè vo dis, Monsou, » què cè sount les passions què no rendent bien » piou avougles que non pas touti les autres » causes, què né proviennent què du corps & » nouns dè l'esprit, principalè ressort di toute la » machine.

(*Bas à Orgon*).

Je commence à croire qu'il en sait plus que moi, Monsieur.

ORGON.

Les passions, dites-vous!

FRONTIN, *avec l'accent.*

» Certenamenté, Monsou, les passiouns. Per » chè perquoy quand elles prennent trop d'em- » pire sur nos sens, & qu'elles no tirannisent, » no soummes perdous. No pouvouns être avou- » gles soubitament per la haine & per la jalousie,

» per la coulere, per l'amour. Sta derniere » passion, di l'amour, est la piou forte, la « piou terrible, la piou tinace, la piou dan» girouse de toutes.

LISETTE, *bas.*

Je conçois où il en veut venir.

ORGON.

Comment se peut-il faire ?

FRONTIN, *avec l'accent.*

» Ah ! comment cèla se pout faire ! je n'avance » rien que jè nè le prouve. Je vais vo l'expli» quer lou plou clairiment qu'il me sera pous» sible. Acoutez, nè vous a-t-on jamais dit » c'étoit per les yeux que l'Amour sè pre» noit ?

ORGON.

Oui, Monsieur.

FRONTIN, *avec l'accent.*

» Ah donc ! vo voyez bien què jè nè vous en » impouse pas. L'impression que noutre ame en » reçoit.....vo comprenez que c'est dè sta passioun » què jè parle ?

ORGON.

Oui, Monsieur.

FRONTIN, *avec l'accent.*

» Bon : ebranlè lou cerveau, & roumpt...... » lès nerfs ouptiques......ensourte què...... » la réfraction des......rayouns què.....passent....

» dans la chambre antérieure de l'œil, per oun » pitit cabinet què nous avouns derriere l'oreille » pour aller dans la chambre posteriure dè la » retine, s'amortissant........ ouivez-moi bien, » contre la membrane d'ou chatoun què toum- » be.......dans la capsoule què sè renverse......

LISETTE, *bas.*

Quel galimatias!

FRONTIN, *avec l'accent.*

» Vo comprenez? Sta chatoux, cest stou grand « fileti dè la machoire, què tient en respect » tous lès fibres du nez perché no respirouns.

ORGON.

Oui, Monsieur.

FRONTIN, *avec l'accent.*

» Oh ça, puisque vous m'entendez, je n'ai » piou bisouin d'en dire davantage. Nous allouns » ouperer.

SCENE XVII.

ORGON, FRONTIN, LISETTE, JULIE.

JULIE.

EH bien, Monsieur? que pensez-vous de notre malade?

FRONTIN.

Ah ! Monſou...eſt...bien.......brouillé avec le ſoleil !

« Il eſt en grand danger, Mademoiſelle, l'hou-
» mide radical eſt devenou ſec.

ORGON.

O Ciel !

JULIE.

Ne vous chagrinez pas.

ORGON.

Hélas ! ma chere Julie, ſi je regrette la vue, c'eſt parce que je ſerai privé du plaiſir de te voir, & que je crains que tpn cœur......

LISETTE.

Soyez tranquille, Monſieur, Mademoiſelle ſûrement vous épouſera ! Vous êtes préciſément comme il faut que ſoit un mari.

JULIE.

Je n'aſpire qu'après le bonheur d'êrre unie au plus tendre des amans.

ORGON.

Va, mamour.....ton ſort ſera des plus heureux tu me verras ſans ceſſe occupé à te plaire. Je n'épargnerai rien pour te réjouir : je te donnerai bals, feſtins, cadaux.....

FRONTIN, *avec l'accent.*

« Qu'entends-je, épouſer Mademiſelle ! Cor-
» podibace ! épouſer Mademiſelle ! Monſou,

» je vo deffends dè tenir paroulle. Si vos ietes » aſſez hardi pour accomplir ſta foulla prou» meſſe, je vos abandonne à voutre malheureux » deſtin, & vo me ſignerez per ma repouta» tion què jamais lou famoux Ollivirianello di » Baucotchatris dé Palpaſpiſgaſtro n'a mis les » pieds chez vous perché vos ietès mort, tré» paſſé avant qu'il ſoit oune houre.

ORGON.

Trépaſſé avant qu'il ſoit une heure! Oh! s'il eſt ainſi, je ne l'épouſerai point.

FRONTIN, *bas à Julie.*

Vous ne riſquez rien de céder, nous le tenons.

JULIE.

Vous ne m'épouſerez point, Monſieur.

ORGON.

Ma reine, tu entends ce que dit Monſieur.

JULIE.

Je cede à vos prieres : c'en eſt fait; mais j'oſe vous demander une grace : ne forcez pas mon inclination ſur le choix d'un époux.

FRONTIN.

La demande de Mademoiſelle eſt juſte.

ORGON.

Je n'ai jamais prétendu la contraindre. Qu'elle

me nomme elle-même celui qu'elle desire, je promets le lui accorder.

FRONTIN.

Allons, Mademoiselle, prononcez, est-ce Damis?

JULIE.

Non, Frontin,

LISETTE.

Qui donc? est-ce Ergaste?

JULIE.

Encore moins.

LISETTE.

C'est donc Valere!

ORGON.

Valere! tu n'y penses pas Lisette: songes donc qu'il n'a pas un sol.

LISETTE.

Il sera très-riche un jour.

JULIE.

Je ne lui demande que des vertus, le bien que mon oncle m'a laissé suffira pour nous enrichi rtous deux.

FRONTIN.

Cette réponse est sans réplique:

« Elle est remplie dé sentimens, di délica-
» tesse qué mé charment, vos ietes troup raison-
» nable pour vos y refouser, Mousou, pouisque

» voué ne pouvés épouser Mademiselle; il vaut » autant qu'elle ait cè mary la qu'oun autre ».

ORGON.

Vous l'approuvez donc, Monsieur le Docteur? j'y consens. Lisette, que l'on cherche Valere.

LISETTE.

Il ne doit pas être loin; car il rodoit tout-à-l'heure autour de ce logis.

ORGON.

Si tu l'apperçois, dis-lui qu'il vienne recevoir un trésor de ma main.

SCENE XVIII.

ORGON, JULIE, FRONTIN.

JULIE.

MONSIEUR vous donne des preuves assez convaincantes qu'il est détaché de son amour, votre remede devroit opérer.

FRONTIN, *avec l'accent.*

« Il agit parfaitement : tenez, Monsou, ap- » pouyés sta pitit sachet sour voutre cœur; eh » nou pas per dessus l'habit! en-dessous, là, » bon; c'est oun pitit sachet antipatique coun- » tre l'amour. Bene : oh! nous allouns guirir,

» rimarqués, rimarqués, Mademiselle, sta va-
» pour épaisse qui s'exhale à travers soun ban-
» deau ».

JULIE.

Ah! quel noir brouillard environne sa tête!

FRONTIN, *avec l'accent.*

« C'est l'houmour ripanduë sous ses yeux quê
» sê dissout ».

Orgon sourit.

JULIE.

Déjà la gaieté s'empare de son visage!

FRONTIN, *avee l'accent.*

« Examinez soun teint, comme il s'éclair-
» cit «!

JULIE.

Vous sentez-vous soulagé?

FRONTIN.

Comment vous trouvez-vous, mon cher maître?

« Oh! certanamentè beaucoup mieux.

ORGON.

Non, toujours de même.

FRONTIN, *avec l'accent.*

» Toujours di même! cela ne pout pas être.

ORGON.

Jusqu'ici je n'ai ressenti aucun mal.

FRONTIN,

FRONTIN, *avec l'accent.*

« O crouel effet de sta passioun qui absourbe » tout; encoure une fois, cela nè sè pout: l'effi» cacité di moun remede a dû vo guirir; es» sayouns oun pou ».

(*Il desserre le bandeau*).

ORGON, *voyant en-dessous du bandeau.*

Ah! je crois voir!

JULIE.

Seroit-il possible!

ORGON, *dans le transport de la plus grande joie.*

Oui, je vois, je vois; rien n'est plus certain : défaites entiérement le bandeau.

FRONTIN, *avec l'accent.*

« Je m'en dounnerai bien de garde : oun » troup grand jour est nousible; il offusque« roit vos youx, & la richoutte seroit pire : » accoutumouns - les à souppourter la lou» miere ».

(*Il desserre doucement le bandeau*).

ORGON.

Ah Ciel, je vois! quel est mon contentement!

FRONTIN.

Il faut avouer que voilà une cure bien merveilleuse!

ORGON.

Comment puis-je m'acquitter envers vous

d'un bienfait aussi rare ! Ah ! Monsieur ! la satisfaction..... La joie..... Le ravissement..... Quel miracle ! quel bonheur ! que d'actions de graces à vous rendre ! (*En fouillant avec vivacité dans toutes ses poches.*) Prenez ma bourse ; je vous donne tout.

FRONTIN, *avec l'accent.*

« Je souis grandement payé , Mousou , per » voutre façoun nouble de vos exprimer. (*Bas.*) » Je savois bien qu'elle me reviendroit. »

Pardonnez-moi , Monsieur , toutes mes impertinences. J'avoue honteusement que je n'étois qu'un sot.

« Vo vi moucquez , moun ami , vo ne siêtes » pas obligé de mi connoître. »

SCENE XIX & derniere.

VALERE, LISETTE, ET LES AGTEURS PRÉCÉDENS.

LISETTE.

VOICI, M. Valere que je vous amene.

ORGON.

Qu'il approche.

VALERE.

Ah ! Monsieur ! que viens-je d'apprendre ! quel fâcheux accident !

ORGON.

Ce ne sera rien, ce ne sera rien.

VALERE.

Souffrez que je vous témoigne toute ma reconnoissance. Que ne vous dois-je point! Vous accordez à mes vœux Mademoiselle, c'est le plus grand bien.....

ORGON.

Oui, Valere, recevez la de ma main. Nous allons être tous les deux heureux, vous, en possédant l'objet de votre amour, & moi en revoyant la lumiere.

VALERE.

Et vous en revoyant la lumiere! ah! mon bonheur acquiert de nouvelles forces, puisqu'en ce moment, Monsieur, il s'unit avec le vôtre.

ORGON.

Complimentez Monsieur que voici. J'avois perdu la vue, la sublimité de son art, & ses bontés me la rendent.

FRONTIN, *avec l'accent.*

« Mousou..... Ah! Mousou..... Point du tout;
» cè nè sount què des pitites coures cèla.

ORGON.

Qu'on approche une table.

VALERE.

Que voulez-vous faire?

ORGON.

Je veux donner par écrit mon consentement à votre mariage. (*Frontin approche une table, & prépare gaîment tout ce qu'il faut pour écrire.*)

VALERE.

Il faut pour cet effet délier votre bandeau. Je vais.....

ORGON, *l'en empêchant.*

Doucement..... Doucement..... Ne me laiſſez entrevoir qu'un foible jour.

VALERE.

A quoi bon? Pourquoi pas, au contraire?....

ORGON.

Pour cauſe.

LISETTE.

Il eſt très dangereux que Monſieur voye auſſi bien que nous.

FRONTIN.

Cela reculeroit furieuſement nos affaires.

ORGON.

Sans doute. Valere, écrivez vous-même, & je ſignerai.

VALERE.

Deux mots ſuffiſent. (*Ecrivant.*) Je renonce... aux droits..... que j'ai..... d'épouſer Julie.

ORGON.

Bon.

VALERE, *continuant d'écrire.*

Et je conſens..... Qu'elle s'uniſſe..... Avec Valere.

ORGON.

Il n'en faut pas davantage. Donnez, que je ſigne.

FRONTIN, *bas.*

Tout va le mieux du monde.

ORGON *ſouleve tant ſoit peu ſon bandeau, qui ſe détache, & ſigne. Enſuite levant les yeux.*

Ciel! que vois-je! c'eſt Frontin!

FRONTIN, *bas.*

Je ſuis mort.

ORGON, *il promene ſes regards ſur tous les perſonnages de la ſcene, qui ſont immobiles & confondus devant lui.*

(Julie a les yeux baiſſés, Liſette ſe mord les doigts, Valere reſte dans l'attitude où il eſt en reprenant la plume, & Frontin a les bras tendus en l'air à demi paſſés dans ſon habit de livrée: l'habit brodé & la perruque ſont à ſes pieds.)

C'eſt donc ainſi que vous vous jouez de ma crédule bonté! Ah! Julie, je ne vous aurois jamais cru capable.....

LISETTE.

Ne l'accuſez pas, Monſieur, c'eſt moi, c'eſt nous...... La circonſtance.....

ORGON.

La circonſtance.

FRONTIN.

Assurément, tous les hommes ne sont-ils pas jouets des circonstances, il ne faut qu'un peu de philosophie.

ORGON.

Comment, coquin.

LISETTE.

Monsieur Valere s'étoit introduit malgré nous dans ces lieux pendant votre sommeil.

FRONTIN.

Vous vous réveillez.

LISETTE.

Il ne faut pas que vous le surpreniez avec Mademoiselle.

FRONTIN.

Non, sans doute, il ne le faut pas, cela vous mettroit en colere; & rien de si préjudiciable à la santé que la colere.

LISETTE.

Vous avez des yeux......

FRONTIN.

Des yeux de lynx.

LISETTE.

Pour faire échapper Valere à leurs regards pénétrans......

FRONTIN.

Nous fermons porte & fenêtre.... en ouvrant la paupière, une nuit profonde....

LISETTE.

Vous environne.

FRONTIN.

Et comme dans la nuit on n'y voit pas, vous vous avisez de parler que vous êtes aveugle.

LISETTE.

Ce n'étoit pas là le moment de vous désabuser.

FRONTIN.

Nous avons laissé aller les choses. J'étois en partie cause du mal. J'ai apporté le remède. Vous voyez aussi clair que Lisette & moi. Vous ne pouvez pas disconvenir sans humeur que tout est pour le mieux.

ORGON.

Parbleu, voilà des coquins bien effrontés.

FRONTIN.

Mais, Monsieur, mettez-vous à notre place, que diable direz-vous pour sortir d'embaras.

ORGON.

Je dis que vous êtes des scélérats, Julie & Valere des fourbes; mais que l'amour excuse, & moi, moi, une dupe, une franche dupe, aveugle & cent fois aveugle d'avoir prétendu à mon âge me faire aimer d'une personne du sexe; un fat, d'avoir formé le dessein de l'épouser; & plus heureux que sage que le hasard & votre fourberie m'ayent enfin dessillé les yeux. Oui, j'ai recouvré la vue, & la raison renaît avec elle. Je ratifie ce que j'ai signé pendant mon aveuglement. Unissez-vous ensemble, soyez heureux, constant, & si jamais vous cessez de ressentir l'un pour l'autre cette vive tendresse que vous croyez devoir être éternelle, je vous laisse le bandeau que vous avez vu sur mes yeux, faites-en l'usage convenable.

VALERE & JULIE.

Ah! Monsieur.

ORGON.

Point de remercîment. Suivez-moi, & disposons tout pour votre mariage. Je chasse Frontin & Lisette, mais je permets à Julie & à Valere de les prendre à leur service.

FRONTIN.

Vivat, nous en voilà quitte à bon marché.

FIN.

J'ai lû *l'Aveugle par Crédulité*, Comédie en un Acte; ce n'y ai rien trouvé qui puisse en empêcher la représentation ni l'impression. *Signé*, SUART.

Permis de représenter & imprimer.

Signé, LE NOIR.

De l'Imprimerie de CAILLEAU, rue Saint-Severin.

www.ingramcontent.com/pod-product-compliance
Ingram Content Group UK Ltd.
Pitfield, Milton Keynes, MK11 3LW, UK
UKHW020320220726
13923UKWH00003B/1277

9 782329 060408